穿越時空

來自異度空間的女孩

1

君比 著

山邊出版社有限公司

目錄

前言／君比 4
序一／劉璟龍 6
序二／吳昭賢 8
人物介紹 10
故事的開始 12
一 情竇初開的女孩 14
二 嚴刑逼供 19
三 跟自殺沒有分別 26
四 三個英勇的小鬥士 32
五 牠不是機械鷹 37
六 不想再垂死掙扎 44
七 封閉的遊樂場 49
八 靜靜在等候的一個人 55
九 終於回到家 59
十 躲在女洗手間的男人 62

十一 報警的是我 66
十二 隨口編的謊話 71
十三 太有緣了 74
十四 逃避追截 80
十五 嚇得眼淚也淌下了 83
十六 千萬不要走失 87
十七 閉路電視中的她 90
十八 他們的記憶好像被刪除了 95
十九 尋找拐帶的目標 101
二十 人肉星座書 106
二十一 久別重逢 110
二十二 你對外人更好 113
二十三 離家出走的小學生 117
二十四 不要逼我作這樣的選擇 119
二十五 心血會否因而完全報銷 125

前言／君比

二〇一一年三月，聽到鄧藹霖在港台節目「訴心事家庭」訪問幾位英華小學生，當中以六歲，一年級便開辦英華科學鋼鐵建築有限公司的彭家宏最吸引我，亦開始萌生訪問他們，將他們的經歷寫成小說的意念，在三個月後便着實執行計劃。

二〇一二年出版《穿越時Home》第一集後，我便多了一批看科幻小說的讀者，第二集在二〇一四年更入選了教協書叢榜第二位，對我來說是個莫大的鼓勵。

第四集在二〇一五年七月書展出版後，因種種原因，擱下了兩年。今年終於可以在山邊出版社把故事續下去，一慰讀者等待兩年之苦。我們決定把系列名改為《穿越時空》，因為這是新的名字，故我們認為這一集是系列的第一集，而《穿越時Home》是系列的前傳。

在上集，主角鍾銘銘和同學勇敢地闖進第五度空間，結識了一些新朋友，並有許多驚險刺激的經歷，但，有一個家，還是需要回去的。在今集，他們在協助陳章平叔叔收集到消失的微粒之後，便展開回家之旅。在這一個以男性主導的故事裏，我刻意安排一個女角色安琪，一直伴在鍾銘銘身邊，甚至選擇和他回去屬於他的時空。

現實生活中的鍾銘銘，即是彭嘉宏，現在已是個高中學生。在今集出現的微粒偵測器，便是由彭嘉宏替我畫設計圖的。在此要感謝他的幫忙！還有為今集撰寫序言的同學及正在看書的你，謝謝大家的支持！

序一

《穿越時Home》系列小說，內容生動有趣，人物性格鮮明。自上一集推出之後，大家莫不翹首以待另一作品的出現。誰知望穿秋水，就是兩年。現在新作終於以新名字《穿越時空》面世，有幸能先睹為快，實在叫人喜不自勝。

故事主角鍾銘銘在《穿越時Home》系列第一集出現後，一直備受矚目，他機智、做事不慌不忙，只有六歲便有如此與別不同的氣質，更開設了華安科技創意有限公司……真佩服君比老師天馬行空的想像力，大膽塑造了一個如此特別的人物。

回顧上集，鍾銘銘和他兩個同年同月同日生的同學：朱仁、周淩堤在誤打誤撞的情況下跟隨允俊醫生使用時空穿梭機，到達了位於人類看不見的第五度空間——日月島。同時間，他們決定合力營救一直被困在日月島精神病院的陳章平叔叔，最後更借助隱形氈的幫助，成功救出即將被運至永久監獄的陳章平。

在本集中，陳章平穿梭到他離家出走的那一天晚上，回到熟悉的家。這時，陳子榮不滿父親不把研究核裂變一事告訴自己，翌日便帶着陳章平的心血結晶走到海邊，更威脅他要在他和粒子之間作抉擇。粒子探測器的結局如何？留待大家在書中尋找答案。

「失敗，並不可怕；唯一能夠懼怕的，是你不嘗試從失敗中站起來！」

——這是我從書中的得着，你們認同嗎？

聖若瑟書院
中一學生
劉璟龍

序二

很感謝君比老師能給我一個可貴的機會為他寫序，令我想起以前只喜歡閱讀兒童故事書的我。在一位好朋友強力推薦《叛逆歲月》下，令我喜歡上君比老師的書。我最喜歡的是《漫畫少女偵探》、《夜青天使》和《叛逆歲月》等系列。

在這本《穿越時空1》，鍾銘銘一行人送走了安琪和允俊醫生他們後，前往皇族山教堂與陳章平叔叔會合，卻發現他被困，於是他們用隱形氈救出了他。

當他們回到時空機時，發現明明他們目送上船的安琪竟然出現了！原來她從船上偷偷地下來了！無奈，他們唯有帶安琪返回香港。當他們回到香港時，已到深夜了，他們在乘搭港鐵時，安琪不見了！到底鍾銘銘怎麼處理呢？能夠找回安琪嗎？請你們繼續看下去吧！

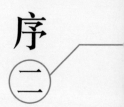

我最喜歡的角色是鍾銘銘，因為他年紀輕輕就能開一間公司，真令人佩服！

最後，我很感謝君比老師給我這次難得的機會為她的新書寫序。

保良局香港道教聯合會
圓玄小學
六年級學生
吳昭賢

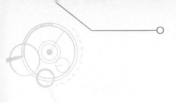

周浚堤
熱愛歌劇，有「小小巴伐洛堤」的稱號，是「華安科技創意有限公司」的音樂部主管。
朱仁
「華安科技創意有限公司」的副主席，父母是中學教師，弟妹是資優生，自己的學業成績卻平平無奇。

人物介紹

鍾銘銘

從小就「異於常孩」，不愛玩玩具、打機，獨愛閱讀、思考。六歲時創立「華安科技創意有限公司」並成為主席，夢想研製出一部時空穿梭機。

故事的開始

鍾銘銘自小愛閱讀、思考和創作，更在六歲時，在華安小學李校長的鼓勵下，開設了華安科技創意有限公司。鍾銘銘和兩名同學兼公司同事周浚堤和朱仁都是同年同月同日生的，他們對自己的家人各有不滿，卻和同學的家人非常投契。在一次偶然的機會下，他們仨坐上時空穿梭機，回到十一年前（即二〇〇一年）他們出生的一天，要偵查自己身世之謎，他們都懷疑是當年醫院姑娘調錯嬰兒了，以致他們去了別人的家。調查完畢，在回程時卻錯誤輸入了年份，結果去了二〇二二年。機會難得，三人決定分頭探索未來的世界。

鍾爸爸在街上遇見了這個來自十年前的銘銘，大驚，結果被車撞到。銘銘希望陪伴爸爸，於是披上隱形氈，成了消失的證人，被警方通緝。朱仁更因「劫新娘」而被警方拘捕。

幾經辛苦，三人終於會合，在乘車前往時空穿梭機停泊處的途中，遇上了交通意外，和同樣誤闖時空，來自第五度空間的允俊醫生結識了。在被警方追捕下，他們跟隨允俊醫生到了第五度空間的日月島。在當地，他們遇上一個寄住在允俊醫生家的孤女安琪，她和同學林安炘樣貌極度相似。他們又在這裏發現了同學陳子榮失蹤多年的爸爸陳章平，原來他被人誤會為精神錯亂而被困在精神病院裏。為尋找消失的微粒而到來第五度空間的陳章平，幸運地得到銘銘營救而離開病院，在取回微粒偵測器之後，便出發到皇族山教堂尋找微粒。

銘銘等人送別準備乘船離開日月島的允俊醫生和家人，但安琪卻說不願離去，而是希望跟銘銘回去他的時空……

一　情竇初開的女孩

「二哥，你和公主上船好了。我不會跟從！」安琪固執地道。

「安琪，難道你想獨個兒留在日月島？」允俊醫生愕然問道。

「不！我會跟鍾銘銘走！我早已決定了，任何人也不能勸阻我。」安琪的兩邊嘴角都向下垂，以顯示她誓不妥協。

「安琪，你可知道自己在說什麼呀?!」允俊醫生斥喝她道。「我和媽媽是你的家人，我們離開日月島，你當然要和我們一致行動！我不是不信任鍾銘銘，只是，他跟我們不同時空，他那時空未必適合你居住。」

「我是小孩子，適應能力很強。你也知道，我是孤兒，自小便在不同的家庭撫養下成長，而在每個家庭生活，我都沒有太大適應的問題——」

「安琪，你覺得我們對你不夠好嗎？」允俊醫生打斷了她的話，問道。

「不！你和媽媽都很疼錫我，不過，我始終是個暫托生，不是你們真正的家人，而且，離開了日月島，你們再沒有撫養我的責任。」安琪堅持道。

「對！我們再沒有責任，但我們願意和你繼續生活下去，因為，我早已當你是我妹妹！你不要耍性子了，乖乖跟我們上船吧！」允俊醫生搭着她的肩膊，想把她帶上船去。

「二哥，你若是真心疼錫我，就讓我跟隨鍾銘銘吧！這是我個人的選擇，請尊重我！」

「唉！你要人家尊重你的意願，你卻不尊重一下我的意願！安琪，怎麼你這樣固執呢？」我在心裏問道。

「好！鍾銘銘，讓我問問你，你屬於的那個時空，是否適合安琪居住呢？」允俊醫生轉而問我道。

「我屬於的那個時空，我怕安琪在那兒會生存不了。在我身處的時空，人類不停生產、消耗能源，造成不同的環境污染，破壞資源和生態系統。現在地球已出現了溫室效應

和臭氧層的破壞……」

「鍾銘銘，你說的話很艱深難明呢！」安琪聽着聽着，眉頭皺成一線了。

「你到了我的時空，覺得艱深難明的事情還有很多很多啊！」我乘勢道。事實上，我只是向她說出真相，而真相往往是殘酷的。

「我不希望安琪你到了那個時候才後悔，到時，你想尋回允俊醫生和媽媽，回到他們懷抱就機會渺茫了。」

「鍾銘銘，你是不希望我跟隨你而去，才說出那番話，對嗎？」安琪眼眶泛紅，問道。

「就算你跟着我去到我那個時空，你仍然會是孤女一名。我家的經濟環境並不算好，沒可能收留你，你到了那兒，沒有依靠，身分證也沒有——」

「夠了夠了！你不用再說啦！我不跟你走了，這樣，你滿意了吧？」安琪淚水淌下了。她掩着臉，走過允俊醫生，直奔向停泊在旁邊的大帆船。

允俊醫生目光尾隨着她跑上船，咬咬牙，道：「安琪她總算是選擇了跟隨我們離開這兒。她是個好女孩，只是，今次她是情竇初開！」

「情竇初開?!」我驚道。

「你看不出安琪很喜歡你嗎？」允俊醫生反問。

「不是吧？我們只是認識了短短數天而已！」我猶疑。

「她望你的眼神是很不同的，你——沒有留意到嗎？」允俊醫生問道。「不過，這一切都不重要了。我們這一別，該沒

有任何重聚的機會，你和安琪若要再續前緣，恐怕是沒有可能。鍾銘銘，你要保重！」

「無論還有否重聚的機會，我都不會忘記你為我們所做的一切。」凱蒂公主道，「沒有你的幫忙，現在的我該已經到了皇族山教堂，在新娘房裏裝扮，為婚禮作綵排。我本來會被逼下嫁一個完全不愛的人，因着你，我才可以改變自己的命運，與幸福二字連上關係！剛認識了你，便要跟你道別，甚至是永不相見，真可惜！不過，無論我們身處什麼地方，我都會每天向你送上祝福，希望你平安回去你的家，與家人親友團聚，將來有一天，你會像我一樣，覓到一生中的摯愛！」

二　嚴刑逼供

當允俊醫生牽着凱蒂公主的手轉身離開後，我還呆呆的看着他倆的背影。

「喂，鍾銘銘，你還陶醉在人家的浪漫儷影中？我們要走了，要趕往皇族山教堂，與陳章平叔叔會合，然後去時空穿梭機停泊處，上機啟程回家了。」朱仁伸手到我面前，揮了一揮。

「我知道我們是趕時間的，我只是很不捨得允俊醫生罷了。」我撥開朱仁的手，回道。

「你是不捨得允俊醫生，抑或不捨得安琪呀？我覺得是後者多一點囉！」周浚堤笑問道。

「我知道你們一定會拿這作笑柄，我不會反駁，也不會回應。」我嚴肅地道。

「其實，安琪是個很好、很細心的女孩。今天大清早，我一起牀便碰到她。她把她儲下來的日月島貨幣全給了我，說反正她快要離開，永遠不會回來，而我們還可能要乘坐多好幾次馬車，又或者還有其他地方要用錢。」周浚堤一邊說，一邊掏出一個錢袋。「她說，用剩了的錢，我們可以帶回自己的時空。」

「你說，安琪今早已把錢袋交了給你？但，剛才分別時，她還央着要跟隨我回去我們的時空啊！」我不明所以。「若果她一心想跟着我們，為何她今早把錢袋交你？她大可以保留着錢袋啊！」

「因為她早預料到你不會答應她的請求，所以預早把錢袋交給我。裏面除了貨幣，還有一些絲帶草，就是上次安琪用來清除隱形氈上那些嘔吐物異味的神奇草。上次，她給我們的是絲帶草的種子，今次，她給我們的是用絲帶草編織成的一個蝴蝶結。」周浚堤從錢袋中把那蝴蝶結取出，交到我的手上。

對不起，安琪！若果我倆生活在同一個時空，肯定是一對要好的朋友，只可惜……

我把蝴蝶結放進衣袋裏，咬咬牙，道：「我們現在出發去皇族山教堂吧！昨晚，陳章平叔叔已回到時空穿梭機，找回小型微粒偵測器。現在，或許他已找到『消失的微粒』，我們跟他會合後，便可以回家去！」

事情永遠是說時容易做時難。

坐着由安琪預先安排好的馬車，我們趕往皇族山教堂了。

教堂位於海拔三百三十七米的山上，是全日月島最高的地方。陳章平叔叔說早已預知他要搜尋的消失的微粒，該是在這教堂裏。只要找到這些微粒，他便可以證明在多年前他協助進行的核裂變實驗過程中消失的微粒，就是飛了往人類肉眼看不到的「第五度空間」，而這空間的確存在。

馬車上山了，山路迂迴曲折，我開始感到頭暈胸悶，渾身不對勁。

「銘銘，你不舒服嗎？」浚堤見我彎下身子，一手按着頭，一手按着胃，已是一個「標準」的待嘔姿勢。

「糟了！我們沒有嘔吐袋，銘銘你忍耐一下，快到教堂的了！多待幾分鐘，你便可以下車盡情地嘔！」朱仁嘗試安撫我道。

幾分鐘？嘔吐感覺像肚瀉，沒法忍的！朱仁你早前不也是曾經歷過嗎？

「銘銘，你怎也要忍耐呀！這部馬車是僱用的，你若果嘔在人家的車子上，我怕會有麻煩，萬一人家要我們賠償或馬上清潔，我們和陳章平叔叔的會合便會有阻滯。你要以大局為重呀——」朱仁道。

吓？嘔吐並非人能以意志控制的吧？

我輕吸了一口氣，望出窗外，意圖分散自己的注意力。

車子還未到教堂，卻突然停下來。

「什麼事？」朱仁探頭出外問馬車伕道。

「有士兵攔路啊！」馬車伕道：「他們正向我們走過來，按日月島的規矩，我們要全體下車。」

浚堤和朱仁都不禁望望我。「銘銘，你可以下車嗎？或許，你下車後試試嘔出來，會舒服一點。」

沒辦法，我只好由他們攙扶下車。

甫下車，其中一個坐在馬上的士兵便上前問我們的馬車伕：「你們因何事要上皇族山？」

「我只是受他們僱用駕車上山。」車伕坦白地回道。

士兵跳下馬，湊近我們問道：「你們三個孩子要上皇族山？所為何事？」

「我們……是教徒，要去教堂參與彌撒！」朱仁急中智生，回道。

「不過，皇族山教堂今天並沒有任何彌撒啊！」士兵邊說邊來回打量我們。

「我們不大清楚彌撒的schedules！」浚堤在極度緊張的情況下要向手持尖刀的士兵虛構原因，不小心夾雜了一個英文字。

「什麼？你剛才說些什麼？」士兵的冷得像塊銅片，他還把手上的尖刀指向浚堤的鼻尖，嚇得他面青唇白。「那肯定不是我們的日月島文！你們三人衣着古怪，跟我們完全不同，究竟你們是什麼人？在公主要綵排婚禮的大日子，竟膽敢走上皇族山?!」

「Sorry, sir! Sorry——」慌忙中的淩堤，一出口還是一堆英文。

「我們……其實是旅客！我們只是僱用馬車到處遊覽，碰巧今天想到皇族山遊玩，並不知道……不知道今天是公主的婚禮綵排大日子，更加不知道她失蹤了——」朱仁代他回應道。

「我剛才並沒有提到公主失蹤啊！我們根本沒有向外公布她失蹤，而你竟然知道?!那麼，公主的失蹤，一定是跟你們有關了！」士兵轉頭跟同僚道：「我們把他們三人帶回去審問吧，相信一定可以逼迫他們供出公主的下落……」

審問?!會用嚴刑嗎？可不能啊！我們只是小孩，嚴刑逼供即是虐兒！

「不要呀！你們不能把我們帶走……」

我們三人中，就只有朱仁仍然可以代表我們「吶喊」。

「快點捉着他們這三隻小鬼，一定可以查到公主所在，我們今趟可以立功了！」

幾名士兵跑過來，正要捉我們之際，朱仁把隱形氈從背囊扯出，披在我們三人的身上。

「咦？剛才明明差一點便捉到他們，怎麼他們一下子就在我眼前消失？莫非他們是魔法師？」

在士兵們發狂似的四出尋找我們時，我捂着嘴，吃力地跟朱仁和浚堤道：「我再也忍不住，要——要嘔吐了！」

三　跟自殺沒有分別

「你的嘔吐物會令隱形氈失效呀！千萬不要沾污——」

在我彎下身嘔吐時，我不忘把蓋着自己的隱形氈扯高，結果把自己曝露了。

「哦——其中一個小孩就在那邊！大家上前去捉住他！」

在那士兵跑過來之前，我再次把隱形氈扯下，變回隱形人，並把朱仁和浚堤拉到路邊，只餘下那灘腥臭的嘔吐物在路中央。

士兵們全都目瞪口呆，沒有一個能夠理解眼前所發生的是怎麼一回事。

嘔過了後，我稍稍回復精神了。我以神眼和嘴型向朱仁和浚堤暗示我的計劃。他們有些猶疑，但最後還是依從我的計劃去做。

「若果你們仍堅持搜索那三個孩子的話，不如讓我先行駕駛馬車離開吧！」馬車伕提出道。

「我們不能隨便讓你走，因為不知道你會否是那些孩子的同黨啊！」士兵回道。
「我不是他們的同黨！我只是受僱而已！」他申冤道。
「誰能證明呢？」士兵反問。
「喂……喂喂喂！我的馬車呀！」馬車伕忽然驚叫起來。
在場的人看着空無一人的馬車突然「被駛走」，都嚇了一跳。
「沒可能的！我的馬兒都受過嚴格訓練，沒有馬車伕的話，牠們不會自行拉車走！」
馬車伕不可置信地道。

*　　*　　*

「喂！銘銘！那些士兵正在後面追趕我們，你可否加快點？」朱仁望了望後面，轉頭跟我道。
「我還是第一趟駕駛馬車，不翻車已算好了。」我道：「我不會知道如何可以教馬兒跑快一點。」

「那麼，一會兒到了教堂，你可知道如何教馬兒停下來呀？我怕我們最後會連人帶車滾下山！」浚堤面色蒼白地問道。

「我希望我待會兒會成功令馬兒停下吧！否則——」

「否則什麼？」朱仁禁不住問道。

「否則，你們要有心理準備，我們要跳車！」

「你以為我們是特技人嗎？馬車的速度那麼快，我們跳車，跟自殺沒有分別！」浚堤悲觀地道。

「你們看電影有看過人家怎樣跳車的吧？」我又問。

「看過又如何呢？我們的身手不夠敏捷，又未練習過，必死無疑！」朱仁也哭喪着臉道。

說着說着，教堂已在望了。

我把馬車直駛到教堂後面才拉緊轡繩，跟馬兒道：「停下來！停停停！」

兩匹馬兒都聽命的停下了。

「原來銘銘你是懂駕駛馬車的！」朱仁和浚堤大大鬆了口氣。「怎不早點告訴我們？」

「不！我好端端怎會去學駕駛馬車呢？我連騎馬也未試過！只是，這幾天每次坐馬車，我都留意到馬車伕給馬兒的指引，默默記着，到今天才知道原來是有用的！」

教堂門外仍有士兵在把守，我們三人「走後門」是必須的。

跳下車後，我們仍然緊抱着隱形氈。

若沒有隱形氈的保護，我們根本沒可能逃過士兵的搜索。

「陳章平叔叔在哪兒呢？不知道他找到那些消失的微粒沒有。」朱仁邊走邊自言自語地道。

「這兒周圍都有士兵，我真的擔心陳章平叔叔！我怕他還未找到那些微粒，便已經給士兵擒住了！」浚堤道。

「有英俠和他的神鷹陪伴着陳章平叔叔，我認為他不會有任何危險。我只是擔心，他若找不到他的微粒，會堅持不回家，那我們就歸家無期了。」我道出了我的擔憂。

「我想回家呀！我很掛念我的媽媽！」浚堤幽幽地道。

「我也很掛念我的家人！」朱仁也道：「雖然，在第五度空間的經歷刺激好玩，但我還是很想家！」

「我何嘗不是呢？」我在心裏暗道。

這所教堂放眼望去，全用木材建造，莊嚴得來很有特色。不過，教堂的通道略為狹窄，尤其是在我們「三人行」的時候，間中要有人「打側身」走來遷就。

迎面而來的是一個高大但肥胖的男人。他的衣着非常華麗，但他的貌寢和臃腫的身型與一身華衣完全不合襯。

「為何凱蒂公主仍然未到達呢？」胖子問身後的人。

「該是馬匹或車子出了小問題吧！我相信她很快便會到。現在仍未到綵排婚禮的時間，王子陛下你不用過分焦慮！」他的隨從安撫他道。

啊！原來面前這個胖子便是垂耳國的王子。幸好凱蒂公主已和允俊醫生乘船離開日月島，否則，要被逼下嫁這個肥腫難分的王子，實在難為她。

「剛才你們在教堂後面捉到的那個人，你們打算怎樣處置他？」王子忽然問道。

他們捉到了一個人？那——會是誰呢？

「有人正看管着他，王子陛下，你大可以放心。」隨從回道。

「他被擒的時候，是手持武器的，對嗎？」王子又問。

「對！王子你剛才離他那麼遠也看到了？真是好眼力！」隨從笑着讚賞他道。

「那不像是劍，也不似是弓箭，那究竟是什麼呢？」

「我沒有親眼看過，不大清楚。」隨從搖搖頭，道。

「我倒有興趣看一看。」王子道。

「若果王子你有興趣的話，我可以替你取來研究一下。」

四　三個英勇的小鬥士

「為何你要跟着那隨從呢？」朱仁壓低聲量問我道。

「因為我們要替陳章平叔叔取回那微粒偵測器。」我急道。

「你怎知道他們提及的武器就是微粒偵測器？你連那東西是什麼樣子也未見過喎！」朱仁反問我。

「我純粹憑直覺去猜！他們捉到的該是陳章平叔叔，因為他年紀大，身手不夠敏捷，而且，他以尋找微粒為終極目標，只顧着尋找，忘記逃避追捕，結果被捕。他的『寶貝』不幸落入了追捕者手上，這些士兵根本不會知道微粒偵測器是什麼，我只怕他們會摔壞它，又或者亂按掣，把已經收集了的微粒釋放出來，就白費了陳叔叔的心機啦！」

我們尾隨着隨從，走到教堂入口附近的一個小房間，裏面有幾名士兵在圍着一部有大人前臂般長的儀器。一看便知，這就是我們要找的「寶貝」。

「王子陛下要求取這件武器來研究，你們快把它交給我吧！」隨從道。

「疑人是我們捉到的，這件武器自然是由我們負責監管，這是我們上將下的命令，你不是我們上司，更不是我們日月島的人，我們為何要遵從你的指示？」士兵不解，問道。

「我們垂耳國的王子快會和你們日月島的公主結婚，很快，我們兩國便會有邦交——」隨從回道。

「公主和你們的王子會否成親，現在都未確定。今天綵排婚禮，公主都遲遲未出現，看來……」

「你們話不可以亂說！」隨從愀然變色，道。

「無論怎樣，這件奇怪的武器，是屬於我們的，沒可能交給你！」士兵的答覆非常決絕。

「你回去稟告王子吧！」

「我只是要借用一會兒也不行嗎？」

「不行！借也不可以。」

隨從老羞成怒，道：「我只想借用一會兒也不行?!有禮貌地問，你們硬繃繃地拒絕！那麼，是你們逼我強搶的！」隨從不理了，伸手去搶偵測器。士兵冷不提防他會有此舉動，沒有握緊，隨從成功搶到了。

可是，一瞬間，偵測器就在大家眼前消失了。

「你究竟把它藏到哪兒了？」士兵追問道。

「我沒有藏起它！」隨從錯愕地道。「剛才我明明緊握着它，但……突然一陣怪風不知從何而來，竟然把它捲走了！」

「一定是你用掩眼法變走它！你快把它還給我們……」

從這小房間衝出來，我跟浚堤他們道：「偵測器在我手上啦！現在我們要去找陳叔叔了！」

「他會在什麼地方呢？」浚堤問。

「他該被困在教堂其中一個房間吧！」朱仁道。「我們要逐個房間去找！」

「等一等！」我拍拍他們，並往上一指。

就在教堂樓上的包廂欄河，我看到一隻小小的鷹，是一隻我們認識的鷹——日月鷹！

我們以最快的速度加上輕柔的腳步跑到樓上。

英俠就躲在包廂布簾後。

「英俠！」我把隱形氈稍稍扯下，伸手跟他打了個招呼。

「銘銘！」英俠笑着把我拉到他身邊，細問：「允俊和媽媽呢？」

「他們和凱蒂公主早已安全上船，相信已遠離日月島了。」我的答覆會令他放下心頭大石吧？

「那就好了！」英俠長長吁了一口氣，遲疑了片刻，才道：「不過，陳章平卻不幸被他們捉去。」

「我們從士兵的對話中得知了。」我頓了一頓，道：「事情是怎樣發生的？」

「我們在天漸亮時已到達教堂，那時，這兒空無一人。陳章平就開始使用他的偵測器在教堂四周尋找微粒，但久久都未有發現，我們遂轉到教堂裏面尋找，終於在祭壇前偵測到微粒的存在，但其所在位置卻在近祭壇頂。我本想由日月鷹代勞，替他把偵測器帶到高處收集微粒，但陳章怕偵測器對日月鷹來說，負荷太重，生怕牠會摔掉它，堅持親自往高處搜集。

「在我四出去找梯子時，士兵到來了。陳章平一見士兵便慌作一團，掉頭要逃跑，但又跑得慢，結果被捉拿了，偵測器也給士兵奪去。」

我把偵測器從隱形氈下掏出，道：「我已成功把陳叔叔精心研發的寶貝奪回。」

英俠釋懷地道：「幸好有銘銘你們三個英勇的小鬥士幫忙，我們才能完成許多艱難的任務！」

「你可知道陳章平叔叔被人關在什麼地方呢？我們要進行一個最艱巨的任務，就是營救他。」

五　牠不是機械鷹

「你來到公主將會綵排婚禮的地方，究竟有何目的？」士兵用劍尖對着陳章平，逼他道出真相。

「我的目的？我說了許多次啦，是你們未能明白罷了！我是個科學家，為尋找在核裂變實驗過程中消失的微粒而乘坐時空穿梭機到來的。」陳章平坦白告知。

「什麼是消失的微粒呀？」

「是肉眼看不見的。你一定要用微粒偵測器才可以找到，那就是剛才我拿在手中，被你們誤以為是武器的東西。」

「你究竟是什麼地方來的人？」

「我來自一個跟你們不同的空間。說了，你們也不會明白那空間在哪。」陳章平歎道。

「你還是說着這些令人難明的說話，看怕你最後還是會被送往精神病院！」士兵斜着眼打量着他。

「你們不明白人家的話就把人家當作瘋子！哼！」

「你剛才說什麼呀？」

這時一個穿着士兵服的「士兵」走進房間來。

「我是來接替你的，隊長找你，你快去見他吧！我來審問他可以了。」這人低着頭，道。

「好！拜托你。」

原本的士兵方離開，剛進來的「士兵」馬上鎖上門，然後把帽子脫下。

「英俠？原來是你！能再次見到你真好！」陳章平興奮莫名，顧不得雙手雙腳被粗繩子綑綁，站了起來。

英俠拿着刀子，趕快替他切斷了腳上和手上的繩，並從衣袋中取出那微粒偵測器。

「你真厲害！可以從士兵身上取得制服，又奪回我的微粒偵測器！」

「不是我厲害！最大功勞是鍾銘銘和他的朋友。我只是負責在他們弄暈一名士兵後，去把他的制服脫下來，換上。連奪回測器這困難的任務都是他們三個小朋友完成的。鍾銘銘想知道，你是否仍未收集到微粒？」英俠問。

「未呀！但偵測器偵測到，微粒就在祭壇頂。若果你替我找到梯子，我便可以爬到祭壇頂去收集微粒！」陳章平堅持道。

「你不要再想自行爬上去了！教堂裏面每十步便站了一名士兵，你一走出這個房間便會秒速被捕！就算你借用鍾銘銘的隱形氈，我擔心你未夠身手敏捷，會從梯上滾下來。況且，隱形氈可以令你隱形，但不可以令整張梯子隱形，最終你一定會給人發現，所以，這計劃還是不可行。」

房間外有人敲門，是暗號式的兩下快兩下慢。

英俠走到門前，飛快的開了門。

門關上後，隱形氈一揭，我們仨馬上現身。

「我也知道一定是你們到來了！」陳章平道。

「陳章平叔叔，你信任我嗎？」我直截了當的問他。

「我當然信任你！」他回道。

「那麼，請你把這微粒偵測器的操作方法詳細跟我說一遍。」我急道。

「好的！」陳章平開始向我講解：「這個偵測器可以偵測到二十米以內的微粒。當你按了這兩個一黑一白的掣之後，偵測器便開始偵測，若發現微粒存在，小熒幕會有指示，告訴你微粒所在位置。當你把測器放在目標附近一米範圍內，偵測器這個吸入孔便會把微粒吸進……」

* * *

「報告上尉！」小士兵煞有介事地向上尉道：「我發現了可疑的物體！」

「是什麼物體？」上尉緊張地追問。

「是飛了進教堂的一隻小鷹！牠現在不停在天花頂徘徊！」小士兵道。

上尉滿臉不耐煩地道：「我們現在要搜索的是可疑的人物啊！公主遲遲未到，或許是給人擄劫或遇上其他意外，但我們要找的是人，該不是小鷹或小豬！你再跟我提及什麼動物的影蹤，我就親自把你革職，你明白嗎？」

小士兵噤聲了。為保住工作，他寧願把自己察覺到的可疑之處隱藏。

「日月鷹回來了！」

我們幾個擁擠着坐在教堂外的一棵樹下，以隱形氈蓋着上身，勉強地保持「隱形的狀態」。

日月鷹乖巧的在草地上降落，然後跳到我們身邊，我們趁附近沒有士兵，馬上把牠藏在隱形氈下，小心地察看繫在牠身上的微粒追蹤器。

從小小的熒幕上，我和陳叔叔都看到，偵測器已吸到少量的微粒！由日月鷹繫着偵測器在祭壇頂盤旋數圈，以吸納微粒，這計劃終達致成功了！

「微粒的量似乎太少了。」陳叔叔道：「器材測到那地點有大量微粒，但剛才吸納到的僅有一至兩個百分比。我的目標是至少吸納十個百分比啊！」

「十個百分比?!沒可能啊！」我急道：「我們要日月鷹背着個沉重的偵測器飛至祭壇頂，還要不停轉圈，牠已疲憊萬分！我怕牠支撐不住，把你的偵測器摔個粉碎，你便連少的一至兩個百分比的微粒都化為烏有！」

「不！只要今次調校過日月鷹飛行的位置和盤旋的路線，偵測器一定可以吸納到多幾個百分比的微粒！」陳叔叔又表露他這個科學家固執的一面。

「陳叔叔，我們這隻日月鷹是有血有肉的真鷹，不是機械鷹！」我無奈地道。「牠的體力是有限的！」

「我們千辛萬苦才到來日月島，我還在這兒蹉跎了許多歲月，我只希望，一切犧牲都是值得的！」

「好吧！」英俠沉着聲回道。「以日月鷹的體力，牠還勉強可以多飛一轉。陳章平，你想牠在什麼位置盤旋，告訴我吧！」

六　不想再垂死掙扎

「啪！」的一聲，教堂裏傳來硬物墮地的聲音。

我們大驚，飛快的衝到窗邊察看。

「哎——跌下來的是日月鷹啊！」英俠見自己的寶貝遇上意外，激動得眼泛淚光。

「啊呀——微粒偵測器沒有了！」同一時間，陳章平也叫起來，並想奮不顧身地衝進去。

「等等！千萬不要衝動！」我攔截着他。「讓我來處理吧！」

*　*　*

「是一隻鷹！」有士兵上前視察。「看來已奄奄一息！」

「是我用丫叉把牠射下來的！」另一士兵道：「我見牠在教堂頂盤旋了很久，覺得很可疑，而且，牠好像背着一個東西，我看不清是什麼。」

「把牠反轉，不就清楚了？」

有人正想伸手去把鷹反轉，另一人制止了他。

「不知會否是炸彈？你胡亂去碰它，不怕雙手被炸斷嗎？」

說話一出，沒有人敢碰牠了。

「還是請中尉來看看再決定吧！」

就在等候之際……

「咦？那頭鷹呢？」有人錯愕地問。

「剛才就在我眼前，但……一眨眼，牠便消失了！自牠身上流下的血跡則仍在啊！」

「為何這教堂內的東西會突然消失的？很可怕呢！剛才垂耳國王子的隨從要求取得我們從疑人身上搜到的一件奇怪物品，在爭奪的時候，那東西也是在我眼下消失的……」那士兵的臉發青了，他雙眼環視一下眾人，惶恐地道：「我……不想在這兒久留了，我承受不了這些……難以解釋的事情。我想……我要退出了！」

那士兵一轉身便往前跑了幾步，卻踏着了一些看不見的東西。面前本來空無一人，卻突然閃出一個衣着古怪的小孩子，還要懷抱着剛才在眼前消失的受傷飛鷹！

「你是⋯⋯誰呀？從何而來的？」士兵的臉由青變紫，再由紫變白。

我的隱形氈被他踏着，滑下了。我被逼現身，嚇怕了所有人。

「不好意思！嚇到你們了。」我彎下身，把跌下來的隱形氈拉起，再次蓋在身上。

「嘭」的一聲，身後傳出巨響。我轉頭一看，原來是剛才看見我在兩秒間現身又消失眼前的士兵暈倒地上了。

我顧不得他了，拔腿便逃。

我筆直跑出教堂，跑向他們匿藏的樹上，向他們吹了一聲口哨，他們便紛紛從樹上爬下。

「我可憐的日月鷹呀！」英俠兩眼閃着淚的接過日月鷹，並把微粒偵測器從牠身上解下，遞給陳章平叔叔。

「疑人！我看到疑人啊！」

稍稍一站，又被士兵發現了。我馬上用隱形氈蓋着大家，並且移到教堂一個角落，免被士兵撞到。

英俠把披肩解下，包裹着日月鷹，哀傷地道：「牠的腳和翼都受傷了，流了很多血，恐怕未必能救回。」

「對不起！我……連累到你的鷹受傷了。」陳章平叔叔向他致歉。

我看着身體仍在間歇抖動的日月鷹，牠的雙眼已經合上，似乎已不想作垂死掙扎。今次若果不是有日月鷹的幫忙，很多任務都不能完成呢。

日月鷹，我們會永遠記着你的！

「日月鷹第二次飛行終於吸納了多達七個百分比的微粒！牠成功了！」陳章平叔叔看着偵測器的小熒幕，說道。

「陳章平叔叔，我很替你高興，但是，不好意思！」朱仁發聲了。「我想我們該趕下山去了，但石路那邊站了很多士兵，我們是否仍然要乘馬車下山呢？我怕沿路都有很多士兵攔截，這樣下山，會有很大的危險性！」

「按照我的計劃，我們並非乘搭馬車下山。」英俠回道。

「不繞石路走，還有什麼方法可以下山呢？難道滾下去？」浚堤問道。

「不是滾，是滑下去。」英俠道。

七　封閉的遊樂場

「就是這兒。」

英俠把我們帶離教堂，經過一段斜路和一個小樹林，去到皇族山的另外一邊，那兒竟然有一個小型遊樂場。

遊樂場只有三款遊樂設施，不過已經荒廢。

「我們在這兒可以由山頭滑到山腳？」浚堤問道。

「你們過來這邊吧！」英俠向我們招一招手。

我終於看到英俠身旁的一個設施了。

那是一個頗大型的滑梯，由這山頭的頂部一直滑至山腳，比海洋公園的登山扶手電梯還要長。

我只是看了一眼，已嚇得雙腳發軟。有畏高症的我，去遊樂場絕對不會嘗試玩過山車，泳池的水上滑梯也絕對不是我的一杯茶。

要我由山頂滑落山腳，我怎有可能做到呢？最有可能發生的，是我滑到十分之一便已驚嚇至進入昏迷狀態。

「這個遊樂場荒廢了只有一百二十三日，在它荒廢之前，我玩過這條滑梯，只要你躺下時不要把手腳伸出滑梯之外，不消一會兒便可以滑至山腳，刺激但絕對安全，不用擔心。我早前已檢查過，滑梯最後部分沒有任何阻擋物或欄杆，你們由此滑下去，肯定可以安全着地。」英俠道。

「嘩！這個超長動感滑梯，對喜愛刺激的我來說當然好玩！」朱仁說畢，轉過頭來問我道：「不過，銘銘，你有畏高症，要你由這兒滑下去，你可應付到呢？」

「我還有其他選擇嗎？」我苦笑反問他。

「當然有！我可以把你打暈，放你上滑梯，我跟在你後面，兩腳踏着你的肩膊，護着你滑下去。你喜歡這個方法嗎？」浚堤笑問道。

「我寧願勇敢面對自己的恐懼，自行滑下！」我回道。

「你們逐一滑下，去到山腳，再向東南方走大概六十至七十米，便會回到你們那部機器停泊的地方。你們準備好，就可以回去你們的時空了。祝你們一切順利！」英俠跟他們道。

「英俠，你不跟我們一起滑下去嗎？」我馬上問。

「不了！這樣快速下滑，此刻的日月鷹不能承受。我怕這樣會令牠立即死去。我是日月島的人，自然有方法下山。你們不用擔心我，好好照顧自己吧。保重！」

英俠說畢，便抱着日月鷹轉身離開了。我們在後面叫他，他都沒有回頭。

送君千里，終須一別。

我心底知道，這趟到日月島的旅程已到尾聲了。要回去自己的時空，一定要先克服心理障礙，勇敢踏上這個超長滑梯。

「我想當先頭部隊，由我先滑下去，好嗎？」陳章平叔叔提議道。

「沒問題哦，陳叔叔。就由你先滑下去吧。」朱仁回道。

陳章平叔叔和浚堤都先後滑下了，剩下朱仁和我。

「銘銘，你先滑吧，我跟在你後面，看你安全滑下，我才會上滑梯。」朱仁體貼地道。

真的要付諸行動，沒可能再逃避了。

我由朱仁攙扶着，震顫地坐上了滑梯頭。我把雙手交叉疊在胸前，緊閉眼睛不敢往下望。

當我雙眼一閉上時，我才想到：為何這個小小遊樂場會荒廢呢？是否因為其中一樣玩意生過意外？為何英俠對此隻字不提呢？會否就是因為這個長命滑梯出過意外，遊樂場才突然封閉？

「朱仁，朱仁呀！我現在才想到，為何這個遊樂場會——」

我話未說完，兩隻肩頭已被朱仁大力一推，我筆直往下滑了！

那一刻，我的心馬上離開了軀體，不知飄往哪兒去了。交疊的雙手只能死命抓着自己的肩膊，我全身的肌肉繃得緊緊，腦裏傳給全身的唯一信息是：一定要忍着，不要尿濕褲子！

我身體的滑行終於停下來了，我的噩夢完結啦。

「銘銘，快站起來吧！朱仁就快到了。」浚堤拍拍我的手，把我拉起來。

我方站起，朱仁便滑到了。

究竟這遊樂場是因什麼而封閉呢？我到現在仍不知道。總而言之，我們四人都平安滑了下來。這滑梯可算是救了我們一命。而我們的救命恩人當然還有助我們脫離險境的英俠和日月鷹。

八　靜靜在等候的一個人

我們根據英俠的指示，向東南方走了約莫六十米，終於走到這個我們「停泊」了時空穿梭機的地方。

「我的穿梭機啊！沒見很久，我真的非常非常掛念它！」

陳章平叔叔仰起頭來望向停了在樹上的穿梭機，又道：

「鍾銘銘，你這個停泊點真的好！泊在樹上，肯定不會有太多人發現！」

「陳章平叔叔，這個停泊點並非我選擇的，你也知道。穿梭機可以四平八穩的泊在樹上，沒有摔下來，是我們有幸運之神的眷顧。」

「你們當天到來日月島，發現穿梭機停了在這個地方，最後你們是怎樣下來的？這樹的樹幹那麼粗，若要爬下來，相當困難。」陳章平道。

「他們是靠我的幫忙才得以由樹上爬下來。」

一把女聲由樹幹後響起。很熟悉的聲音，那是——

「安琪?!你不是已和允俊醫生及凱蒂公主坐帆船離開了日月島嗎？」我呆了半晌，才驚問道。

「這是你們以為的事。」安琪鬼鬼地道，「實情是：我上了船之後，馬上又下了船，然後靜靜地走來這兒等候你們。我知道你們辦完所有事之後，一定會回來這部穿梭機，回去你們的時空。」

「安琪，我不是已說過，我們身處的時空並不適合你居住嗎？你還堅持要來？」我問她。

「既然你們都可以回去，我不相信我去到會適應不了。」安琪笑道：「你們一定要把我也帶走，因為我已沒可能在日月島居住了。我協助得太多逃犯，自己也變了個逃犯！料你們也不會眼巴巴看着我被捕吧？」

「安琪你真的固執得像個老婆婆！」我咬牙切齒地道。

「沒辦法！我們一定要把安琪也帶走。若果她留在日月島，肯定難逃過被捕的命運。我絕對不會讓她孤伶伶留在這兒！」陳章平叔叔帶點激動地說道。

「但是，有一個問題！」浚堤舉起手來，像個小學生般提出道：「陳章平叔叔的時空穿梭機只有兩個座位，我們來的時候，窄窄的機艙塞了四個人，已萬分擠擁，回程更要載五個人？會不會有超重的問題呢？」

「放心！雖然只有兩個座位，但機艙的設計可以承載四百五十磅，我們五人加起來都肯定不會超重！不過，」陳章平叔叔蹙起眉頭道：「這棵樹那麼高，我們該如何爬上去呢？」

「不用擔心！我早有準備。」安琪馬上從樹後取出一把長梯，架在樹上。「還是不要多說了！我們輪流爬上去吧。誰會開穿梭機的門，請先爬上去。」

「我是穿梭機的設計和製造者，當然是由我去開門。事先聲明，你們其中兩個要一左一右坐到機艙地上去，我就一定要坐座位，始終，駕駛者是我。你們快商量好由誰坐到地上去吧。」陳章平叔叔率先爬上長梯了。

「我是個不拘小節的人，坐在地上是絕對沒問題的。」安琪微笑道。

「你穿着裙子，當然要坐在座位上！我和朱仁能屈能伸，就由我們坐在地上吧！」我怎也要展現出我的紳士風度。

「鍾銘銘，你終於讓我一起上穿梭機，去你們的時空了！謝謝你！」安琪雀躍地道，兩手大展，好像是要撲過來擁抱我似的。

「我不清楚這個決定有沒有錯。我只怕你去到我們的時空後會感到後悔，到時要回來就極度困難了。」我還是潑了她一身冷水。

「我很少會為自己做的決定後悔。」安琪非常堅定地道。

「凡事都會有第一次。」我說道。

九　終於回到家

五個人擠在一個二人機艙，難度之高無人能想像。

我和朱仁──兩個最瘦最細粒的男孩，一左一右坐在地上。安琪就坐在我旁邊的座位上，我的頭向左傾斜一厘米，便會碰到她的膝頭，所以我告訴自己要坐定，頭顱千萬不要向左傾。

很久未試過這樣正襟危坐了，連平日上課也沒有坐得這樣筆直。

我閉上眼睛，靜聽着陳章平叔叔的雙手在控制板上飛快地按掣的嗒嗒聲，心想：有穿梭機製造人自行操控，不用再由我這冒牌機長去駕駛，真的太好了！

我可以放鬆心情，好好休息一下。

坐在我對面的朱仁，早已閉上眼睛，進入了半睡狀態。

「你們五人是否一致確定這個旅程的目的地和時間？」又是那把熟悉的假人聲，大家都認得這是機艙的廣播系統自動提出的一個詢問。

「這穿梭機是否有天眼的？怎會知道機艙裏面的正確人數呢？」

去日月島的旅程上，我記得是朱仁問這問題，而回程時就變了浚堤問。

「是的。機艙內有監察器，知道裏面有多少位乘客。我們要以完整句子一起回答穿梭機的問題，才能啟程。」陳章平回答道。

「我們清楚的了。準備，一、二、三——一起說吧！」我閉上眼睛，說道。

「我們一致確定這個旅程的目的地和時間！」

指令一出，穿梭機的一扇玻璃窗便自動密封起來，機艙內的照明系統又再失靈似的胡亂閃動着。

我們五人中就只有安琪是從未嘗試過穿越時空之旅，現在的她，見到機艙內混亂的情況，該會感到吃驚吧？

不過我並沒有聽到她驚慌亂叫，她也沒有提出什麼問題，或許她正如自己所說：適應能力超強吧！那就好了，我真的可以安睡片刻，在旅程完結的時候才醒來，反正有陳章平叔叔在這兒主持大局，真的用不着我了……

*　　*　　*

「我們到達目的地了！我們……我們終於回到家啦！」

朦朧中，我聽見陳章平叔叔激動的聲音。

到家了！我抿嘴一笑，伸手揉揉眼睛，忘記了安琪的膝頭就在距離我額角一厘米之處，我一不小心，頭便碰到她的膝。就這樣輕輕一撞，把我撞醒了。

糟了！剛才我實在太累，全由陳章平叔叔負責駕駛時空穿梭機，回到我們的時空，但沒有跟他提及過，雖然我們都是要返回香港，可是，大家離開的時間並不相同呢！他返回的時空未必就是我們要回去的那一個！而且，我們是擅自取了丁先生的時空穿梭機來穿越時空的，他的穿梭機至今仍然停泊在我們不小心去錯了的二〇二二年！我們有必要返回二〇二二年，把穿梭機帶回正確的時空啊！

十　躲在女洗手間的男人

穿梭機玻璃窗的一塊薄簾自動打開了。

四周漆黑一片，穿梭機停泊處就在街上。雖然是晚上，但在夜空下看見的都是熟悉的建築物，我們便可以確定大家是安全回到了香港。

「Yeah！我們回家了！」浚堤雙拳緊握，興奮地道。

「你們這地方的建築物，怎麼高得像山一樣？」安琪鼻尖貼在玻璃窗上，問道。

「陳章平叔叔，既然我們安全到埗了，可否馬上開穿梭機的門呢？」朱仁問道。

「你又急小便了？」浚堤問道。

「你呢？」朱仁笑問。

「我也有少許去意呢！」他回道。

「說真的，我也很需要去洗手間。」陳章平叔叔笑道。

「我明白洗手間的意思了，我也想去一轉，麻煩你們帶路，可以嗎？」安琪也道。

穿梭機的門開了，各人馬上跳下機。

「這個地方，我並不認識。」最先落地的浚堤，環顧一下四周，說道。

「怎麼我們每次降落總是在街上這種很難找洗手間的地

方？」朱仁問道。

我湊近他倆，道：「你們都知道的吧？這個並不是我們該回來的時空。」

「鍾銘銘，你說什麼？」聽覺靈敏的安琪搶先問道。

「你說得對啊！這點，我早前也想不到，我們是該回去二〇二二年，取回我們的時空穿梭機，再回去二〇一二年，我們離開的那天！」朱仁想了想，說道。

「那我們該怎辦呢？」浚堤問。「難道我們該請陳章平叔叔擔當我們的司機，載我們去二〇二二年？」

「你這個主意不錯喎！」朱仁即道。

「這邊有個小公園，我相信會有洗手間。我走快幾步，你們跟着來吧！」陳章平急急朝小公園跑過去。

我們三人正要進入男洗手間時，安琪也準備跟我們入去，幸好及時給我攔阻着。

「安琪，我們這兒的洗手間是分男、女的，你是女孩子，要去對面那女洗手間！」我跟她說。

「那麼麻煩！」她嗔道。

「你要在這兒生存，就要慢慢適應。」我回道。

「好的好的，我去女洗手間好了。」

我們各自進了洗手間後，我突然聽見安琪的尖叫聲。

四個男士，除了我之外全部在小解中，我遂飛奔到對面女洗手間看個究竟。

「鍾銘銘，剛才女洗手間裏面有個高大的男人，一見到我便向我撲過來！嚇死我了！」安琪站在女洗手間門前，雙手掩着心房，猶有餘悸地道。

難道裏面有色狼？

我不知從哪裏來的勇氣，驅使我單人匹馬走進女洗手間。

十一　報警的是我

剛踏進女洗手間，裏面便有一個黑影閃過。

「你是誰？」我高聲喝問，但其實心底裏怕得要命。

在這些情況下，肯定不會有回應，今次也不例外。

這女洗手間有五個厠格，全部的門都關上了。

剛才是我要安琪進女洗手間的，怎料到洗手間有色狼呢？沒辦法，我怎也要把色狼找出來。

我右手拿起廁所角落的一把大掃把，輕輕用左手食指把第一扇門推開，沒有人，第二、三、四扇門同樣也被我輕輕推開了。

剩下的是第五扇門。

我深深吸了一口氣，輕輕把門推開，說時遲那時快，一個大大的人影從裏面衝出來！

我早已有心理準備，掄起右手的大掃把朝他的臉奮力一拍。

「呀——」他痛極大叫大喊，跪倒在地上，鮮紅的血從他的鼻孔流出來。

這時候，朱仁和陳章平叔叔才走進來，躲在陳叔叔身後的安琪指着地上的那個男人，道：「剛才撲向我的男人就是他！」

「豈有此理！三更半夜躲在女廁，想非禮女孩？讓我捉你到警署去！」陳叔叔怒髮衝冠地道。

「什麼是警署？」安琪好奇問道。

「糟了！她連警署也不知道是什麼，她怎樣告他非禮呢？」朱仁道。

「還有一件事，」我壓低聲量跟他們道：「安琪連身分證也沒有，怎辦呢？落案一定要有身分證才行！」

「可否說她遺失了身分證呀？」浚堤道。

「安琪根本沒有領過身分證，沒有任何紀錄，警方要查的話，很快便會查出。我怕安琪會被當作非法移民，馬上被遞解出境！」我提醒大家道。

「既然這女孩沒有身分證……那你們讓我走吧！我……答應你們以後不再犯！」跪在地上的男人聽到了，馬上哀求我們。

「這兒是否有色狼呢？我剛才在男洗手間時，聽見有女孩子大叫，知道有色狼躲在女洗手間，所以，我報警了。警察說有手足正在附近巡邏，半分鐘便可以到來！」

突然走進一位熱心的叔叔，向大家報告了他見義勇為的舉動。

我們惶恐地互望了一會兒，還未想到對策，一男一女軍裝警察已到場。原來警察的行動可以快捷成這個樣子的。

「剛才是誰報警的？」男警先問。

「阿sir，報警的是我呀！剛才我準備去男廁，聽見有女孩子的叫喊聲，知道有色狼躲在女廁向女孩施襲，便馬上報警。」熱心的叔叔馬上給予詳盡報告。

「剛才發現色狼的女孩呢？」女警問道。

「就是我了！」安琪站到前面，道。「剛才我一踏入女廁，這個男人便向我撲過來！」

「你說的那個男人是——」

安琪指着跪在地上的男人，說道：

「就是他！」

「我沒有做過！我要反告他打人！」男人強詞奪理地作出了指控。

「誰打你呢？」男警問。

「就是這個男孩！剛才他不由分說，用大掃把打我的臉！」

「若果你剛才不是想襲擊我，人家好端端怎會打你呢？」安琪反擊道。

「好了！不要再吵！我們不打算繼續在廁所聽你們吵架。你們全部跟我們回警署協助調查吧！」男警揚一揚手，說道。

「阿sir，我的鼻子不停流血喎！」男人大叫道。「你是否該先帶我去醫院見醫生呢？」

「我當然會先帶你去醫院止血，亦會帶那個女孩子去給醫生檢查一下。」女警回道。

「我也要去給醫生檢查？」安琪反問。

「你說這男人在女厠向你施襲，我們當然要帶你去檢查驗傷！這是我們的責任。」男警回道。

十二　隨口編的謊話

「幸好這部警車是七人車，否則我們又會好像剛才沙甸魚式塞在穿梭機機艙裏那樣子。」浚堤喃喃地道。

「剛才你在穿梭機艙裏是有座位的，難為我和銘銘屈在狹窄的機頭兩側，差點患上密室恐懼症！」朱仁說道。

「你們的代步工具真的先進，我只知道有馬車。你們之前那部時空穿梭機已夠神奇，小小一部機，就可以把我們一行五人帶離開日月島！今次這部代步工具有四個車輪，有點似我們的大型馬車，但完全不用馬匹去拉，而是由人操控？若不是親眼看到，實在難以置信。我在這兒要學的事情一定多着……」

男女警員也跳上警車了，安琪見狀，馬上閉嘴。

「我們現在會先去保安心醫院，然後才回警署。」女警員跟大家道。

「Madam，請問剛才那個色狼和報警的那位叔叔往哪兒去了？」朱仁問道。

「我們安排他倆乘坐另一部車。我們當然會小心處理，不會把原告和被告安排在同一部車。」坐在司機位的女警，轉頭問安琪道：「妹妹，你的爸媽在家嗎？」

「我並沒有爸媽的。」安琪老實作答。

「是嗎？你是否住在兒童之家？」女警在倒後鏡望一望她，然後開車了。

「我以前住在允俊醫生的家。」安琪答的是句句真話。

「允俊醫生？姓允的？他是韓國人嗎？」

「不！他是日月島島民。」

「日月島？在哪兒的？內地？」男警疑惑地問。「你說以前住在日月島，那麼，現在呢？」

「現在她住在我處，我已收養了她。」陳章平叔叔突然代她答。「我養女叫陳——安——琪。」

安琪聽了，一臉詫異兼且感動，但當然，她沒有說些什麼。

「陳先生，我也想知道，為何在晚上，你會帶同女兒和三個男孩子到公園去？」男警突然問道。

陳章平叔叔輕輕吸了一口氣，不慌不忙地回道：「你們沒有聽過街頭健身班嗎？」

「沒有喎！我們通常只會在健身室或運動場做運動。」女警道。

「小孩子不能去健身室，於是我便帶他們去公園，運用簡單的公園設施去做運動，強身健體。他們的家長全都同意啊！」陳章平叔叔隨口編出來的謊話，聽來有很有說服力呢。

「好！等一下我逐一致電他們的家長，便可以確認。」男警點點頭，道。

為何我們每到一個時空都遇上當地警員呢？難道我們跟警察特別有緣？一會兒下車後，我們就要設法擺脱他們，否則，他們一聯絡上我們的家長，「一時空二人同時出現」的情況又會發生了。

十三　太有緣了

「我們到保安心醫院了。請大家下車！」

我趁大家在走進醫院大堂的當兒，拉着陳章平叔叔道：「我們最好趁在大堂多人的時候溜走！我的隱形氈仍在我背囊裏，有需要的話，隨時可以用……」

「你們幾個過來，和madam坐在這邊等。我要出去找找我另一個拍檔，他的車子仍然未到。」男警安頓了他們，便再走出醫院。

「咦？安琪呢？怎麼突然不見了她？」朱仁問道。

「她正呆站在那兒呀！」浚堤指指後方。

「安琪，你怎麼發呆了？」我在她眼前揮一揮手，道：「我們往那邊坐！」

安琪豎起手指，指着前方，眼神不可置信地道：「坐在那邊的一個女孩，樣子跟我一模一樣哦！」

我順着她指的方向望過去，她指的那個女孩不就是——林安炘嗎？

真是太有緣了！去了另一個空間，依然會相遇！

坐在安炘身邊那個舉止優雅高貴的女士，應該就是她的媽媽了。

安炘是因為什麼事而到醫院來呢？

「你之前告訴過我，你有一個女同學和我樣貌極為相似，你的女同學就是她？」安琪問我。

「是的！」我回道。「我不知道她為什麼來醫院，為免她見到你給嚇壞，我還是不跟她打招呼好一些。」

不想見面，但最後還是碰見了。

「鍾銘銘！」

在我獨自去便利店買蒸餾水時，安炘在後面叫着我。

「怎麼你也來了醫院？」她好奇問道。

「我陪伴人家來的。」不慣說謊的我還是道出了真相。「你呢？為什麼要到醫院？」

「我剛才在家無緣無故流鼻血，流了大半個小時。媽媽很是擔心，硬要我來檢查，但其實我的鼻血已經停了，沒有什麼大礙。」安炘回道。「你呢？為何這個時候陪朋友到來？你朋友的爸媽不能陪同自己子女去醫院嗎？」

安炘一疊聲吐出的問題，似乎是要逼我露出原形。

「我只是碰巧在朋友家過夜，他的爸媽不在香港，所以我便陪同他來醫院——」

「鍾銘銘，你站定！」安昕突然打斷我的說話，走到我面前，道。

「什麼事？」

「怎麼你突然又矮了？」安炘用手在我倆的頭頂比劃着。「Miss Cheung九月替我們度高磅重，明明你今年長得比我高，排在我後面，但為什麼你現在又好像比我矮？」

是呢！我乘時空穿梭機離開時是二〇一二年一月，陳章平叔叔帶我們回來的時空，應該是二〇一三年十一月，相隔了差不多兩年！二〇一三年的我，當然有長高了，原來我已比安炘高！Yeah！

「你一定是穿了厚墊的鞋！」我說道：「你覺得我矮了，只是錯覺。」

「鍾銘銘，你究竟和誰來醫院呢？」

為什麼她對這個人那麼有興趣，要窮追猛打？

「只是個非常普通的朋友。」

「剛才我看到她的背面，她是個衣着很奇怪的女孩子！」安炘問道。「好像剛剛演完舞台劇就急着要來醫院似的。她——究竟為何要來醫院呢？你仍未答我喎！」

她究竟是八卦抑或求知慾太強？

既然她已看到安琪的背影，不如我將錯就錯，這樣解說了！

「我們去了一個朋友的家玩cosplay，但朋友突然肚痛不適，於是便陪他來醫院見醫生。」我說道。

「鍾銘銘，你會玩cosplay?!」安炘兩眼圓睜，反問道。

「為何我不可以玩？不過我來之前馬上換上普通衫褲罷了。」

「鍾銘銘，原來你在這兒！」剛才接載我們來的女警突然跑到我面前來，道：「我要帶你們回警署了！」

女警的突然出現，把我和安炘都嚇了一跳。

「現在要回警署？安——」我急忙把安琪的名字吞回肚裏，續道：「她仍然未見醫生嗚！」

「出了問題呀！」女警道：「剛才我們打算帶來檢查的疑人逃走了，還傷了我們的手足！我的上司說還是先把你們一律帶回警署。」

「原來如此，那麼，好吧！」我點點頭道，正要轉身，安炘把我拉住。

「究竟是怎麼一回事？」她緊張地問我。

我湊近她，回到：「我不是告訴你，我和朋友玩cosplay嗎？剛才那個女警也是我朋友之一！她投入得就算要來醫院了，也不想換下cosplay服！」

「真的？原來那個女警也是cosplayer？真是我意想不到呀！你們的服飾很有真實感！」對我百分百信任的安炘回道。

「我們在學校再談吧！再見！」

我匆匆和安炘話別，走不了幾步，便被陳章平叔叔和朱仁等截住了。

「我們打算現在就趁機離開了，醫院的士站出口就在那邊，我們走吧！」陳章平叔叔跟我說道。

十四　逃避追截

「我們現在的計劃是：先回去我的家，讓我和家人好好交待過，然後我再送你們回去屬於你們的時空。」陳章平叔叔道。

我們五人以超迅速的步伐由醫院大堂半跑至另一個出口，只見的士站排了好幾個人，但的士卻一架也沒有。

「陳叔叔，你的家在哪兒？」我問。

「白壁路！」

「由這兒去白壁路都頗遠！陳叔叔，你被囚禁在日月島這麼久，我相信你身上該沒有現金，我們身上的錢也不多呢！如果在這兒直接乘搭的士去你的家，我們或許要搭霸王車。」我提議道：「前面不遠處有個小巴站，小巴是駛往港鐵站的，不如我們節儉一點，乘搭港鐵吧！趕尾班車應該沒問題。」

「好的！就照你意思。」

當我們在小巴站列隊等候時，那一男一女警員突然在醫院出口出現了，而小巴也在這個時候駛到站來。

「大家小心！不要往後望！」浚堤提醒我們道。

「我們就在隊尾，他們應該很快便會發現我們。大家又要準備用隱形氈了！」我一邊說，一邊從背囊取出氈子，向大家頭上一揚，下一秒，我們便消失影蹤。

「我們要快快上小巴！司機看不見我們，可能很快便會關上車門。大家小心不要被夾住！」我輕聲提醒眾人。

最終，那對男女警員沒有發現我們，轉身返回醫院了。不過，我剛才的預告不幸成真了。

「Ouch！」走在最尾的朱仁給小巴車門夾到肩膊，痛得叫起來。

聽到叫聲的司機和乘客，轉過頭來，人人面色蒼白的望着車門。

「剛才……誰聽見……孩子的叫聲呢？」司機囁嚅問道。

「小巴上明明一個孩子也沒有！我們是否全都聽覺有問題？」有一名男乘客眼神充滿恐懼的環視四周，問道。

「你們也聽見孩子的聲音？原來不止是我一個聽到！」司機又道。

「司機，我們不要理這麼多了，快點兒開車吧！大家上來這小巴，應該都是往港鐵站去。不理是什麼人了，總而言之，夠鐘就馬上起行吧！」其中一個乘客忍不住道。

司機抖擻起精神，馬上關門開車。

我們五人馬上靠攏，坐到小巴地上，繼續用隱形氈遮掩，並盡量避免發出任何聲量。

十五　嚇得眼淚也淌下了

我們盡量不發聲，以為就可以平安過渡這段短短的十五分鐘車程。

怎料在下車前三分鐘，突然下起一陣急雨，還演變成滂沱大雨。

「司機，前面街口有落！」

坐在小巴較後位置的一個女乘客要下車了！

我們互相打了一個眼色，馬上站起來，準備集體移動往近車尾位置，以免在近門口的通道會阻礙乘客下車。

車子在下斜坡兼轉彎時，浚堤失了平衡，幾乎要跌倒，但幸好他扶着了右邊座位的椅背，站穩了。但冷不提防那準備下車的女乘客也伸手扶着椅背，他和她的手——接觸了！

浚堤暫忘記了自己現在是隱形人的身分，非常有禮貌並且慣性地跟對方說了一句：

「姨姨，對不起！」

非常響亮的一句話，讓這本已不太平靜的小巴起了一陣騷亂。

只有數個乘客一個司機的車廂，混亂嘈吵得好像坐了幾十人。乘客全都湧到車頭，大叫大嚷道：

「司機快開門！我們要馬上下車！快快快快快……」

司機手震震的把車子泊在路邊，門開了，所有乘客都連跑帶跳地下車，四散逃去。

在我們也正想下車的當兒，司機突然關上門，車

子開行了。

可以見到的乘客都走光了，這個司機會否依然把小巴停在總站，抑或索性駛回家呢？我們是要到港鐵站的，太遲的話，錯過了尾班車，就麻煩了。

趁着小巴在紅綠燈前停下的時候，陳章平叔叔覺得是時候要問問司機了。

他把隱形氈揭起，在司機面前現形。

「司機大叔，你不用驚慌。我並非鬼怪或幽靈，我只是用了一張還未廣泛生產的隱形毛氈，把自己遮蓋。」

他以最平和的聲調跟司機說，已把司機嚇至臉色慘白。

「我跟你無怨無仇，為何——你——你要這樣嚇我？你究竟想我怎樣……」司機望也不敢望他，眼睛直盯着前方。

「我們沒有什麼特別要求，只希望你可以載我們到港鐵站。」陳章平叔叔回道。

「你們？你……你……你們究竟有多少個人？」

「總共五個。我們會繳付車資的，不過我們的碎錢好像不太夠，你有沒有找續呢？」陳章平叔叔問。

「不用了！不用了！我不收你們車資了！你們的錢我怎敢收呢？」司機大叫道：「前面就是港鐵站了，你或你們快點下車，去你們要去的地方，以後不要再上我的車子了。我年紀大，血壓又高，心臟又不太好，承受不了太多刺激！拜託拜託！」

小巴車門「霍」的打開了，外面仍然下着大雨，安琪索性把隱形氈收起，放在背囊，以免弄濕，也方便我們逐個下車。但我們五個一起在司機面前現形，又把他嚇得幾乎眼淚也淌下。

十六　千萬不要走失

「尾班車將在十二時十六分開出，我們要跑快一點了！」朱仁催促大家道。

「我們三人都有攜帶八達通。陳章平叔叔、安琪，我會替你們買票！」我說道。

「買票？什麼是票？」安琪問道。

「我們會乘地下鐵去我的家，要先買票才可以入閘乘車。」陳章平叔叔蠻有耐性地向她解釋。「我們把錢放進這部機，便會有車票從這個洞裏滑出，我們持票才可以入閘。」

「嘩！這麼神奇的法術機！完全是我想像不到的！」安琪兩手掩着臉，詫異地道。

*　　*　　*

身處熟悉的港鐵車廂，坐在銀灰色冰冷的座椅上，我已有「回到家了」的安全感，雖然這個並非是我們要到的時空。

「鍾銘銘，」本來靜靜坐着的陳章平叔叔突然說道：「之前在日月島時，你說過我太太因為我的突然失蹤而有些改變，你還是老老實實告訴我，那些改變是什麼？我實在很想知道啊！我一會兒便會回家見他們了。」

「你現在已歸來了，還要是回到你當初離開的那一個晚上。對他們來說，你就只是離開了一會兒，可能他們根本在睡覺中，都不知道你離開過。你——當什麼事情也沒發生過，就這樣回去吧！總而言之，以後你要使用時空穿梭機離開，就一定要讓你太太和兒子知道。他們是你的家人，當然有權知道你的去向。你不要再以他們不明白為藉口，把他們蒙在鼓裏！」我一口氣回他，然後轉頭跟在身邊的安琪道：

「我們就在下個站轉車。」

畢生從未乘搭過港鐵的安琪，正瞪着兩隻大眼睛四處張望，像個第一次給母親抱出家門的嬰兒。

「下個站轉車？那麼，我們是否要跟司機說一聲？」她一臉認真地問我道。

「我們乘搭的是港鐵，不是馬車。除非有特別事故才會用對講機和列車司機溝通，乘客上車下車是自由的，不用通知什麼人。我提醒你，待會兒你一定要跟着我們，千萬不要走失！」

我擔心的事，竟然就發生了。

十七　閉路電視中的她

轉車後，大家都坐定了。

我看着電子熒幕打出的訊息，馬上跟陳章平叔叔道：「陳叔叔，我們上錯車了！這部車子是去康城的，而我們要去的是坑口啊！大家馬上下車，等候下一部再上！」

當大家站在月台，待車門關上時，才發現我們這五人組少了一個。

是少了誰呢？

OMG！安琪仍然在車上打瞌睡！

我輕拍月台幕門，未能令安琪醒過來，而

列車已緩緩駛走了。

糟了！沒有跟她說過我們要往哪個站，也沒有談過若果失散了，該怎辦！剛才應該拉着她下車，我卻沒有這樣做，我真失策。

「不好意思！」陳章平叔叔敲敲月台站長的門，道：「我和我女兒失散了，她上錯了去康城的列車，我相信她現在該在康城站。可否請你通知康城站職員，用廣播替我尋尋她呢？」

站長馬上開了門，說道：「可以的！先生，請問你貴姓？」

「我姓陳。我的女兒叫陳安琪。」

「請問陳安琪幾歲呢？」站長又問道。

「她……」陳章平叔叔面有難色。

「她十一歲。」我代答道。

站長奇怪的望了我們兩眼，才道：「我可以請康城站那邊馬上替你做廣播，請她與我們的職員聯絡。」

「麻煩你了。」

然而，等了十分鐘，沒有任何消息。站長主動聯絡對方再做一次廣播，又問我們：「你們和陳安琪是在這個站失散的，對嗎？」

「對！其實我們剛才上錯了車，在車門關上前，我們四人及時離開，安琪在座位上睡着了，趕不及出來，就坐着去康城的車離開了。」

「可否告訴我，陳安琪小姐穿着什麼顏色的衣服，和她的頭髮長度呢？」站長問。

「我試試從幾部閉路電視中尋找一下她。」

「好的，麻煩你！安琪蓄着一頭長曲髮，穿着蔚藍色短袖裙和藍色鞋。」陳章平叔叔回答道。

「她的高度跟我差不多。」我補充道。

站長查看閉路電視熒幕時，我們站在他身後，也可以清楚看到，在康城站及這個站的月台上，都沒有安琪的蹤影。

我擔心得直冒汗，一顆心跳得快要心臟病發了。

只是分開了一會兒，安琪應該不會離開了車站吧？

自小生活在第五度空間的人，突然去了另外一個時空，在完全未適應的狀態下，被迫獨自一人去面對一切，此刻的安琪應該是極為焦慮。

但願她安然無恙。

「是，是的。陳安琪蓄長髮，身穿藍色裙。你——見過她？啊……」站長轉過頭來跟我們道：「康城站的月台站長肯定見過她，但站長說，陳安琪並不是獨自離開車廂的，當時她是和一名女子有傾有講地同時走出車廂。我已請站長翻看閉路電視來確定一下。」

「和人有傾有講地走？今趟麻煩了！安琪可能遇上了拐子佬！」朱仁一臉苦惱地道。

「康城站那邊傳來了一張閉路電視的截圖。」站長把電腦熒幕移向我們，好讓我們看清楚。

「對啊！那就是安琪了！」我回道，倒抽了一口涼氣。

走在她身邊的是一名中年女子，倘若這名女子是存心協助安琪的，她該早已把安琪帶到任何一位港鐵職員跟前，好讓她和我們會合。但事實是：安琪跟着她離開月台後已失去蹤影。

安琪——是被拐帶了！

十八　他們的記憶好像被刪除了

「這名女子是你們認識的嗎？」站長問道。

「不！」朱仁和浚堤急回。

「是的！」我卻道。「我認識她。謝謝你！我們會去找她的了。」

我轉頭邁開大步離開，他們追上來問我道：「你真的認識那名帶走安琪的女子嗎？」

「我並不認識她。」我老實回道。

「那你為何要說謊？」他們追問。

「若我不這樣說，他們可能會要我們報警。我們剛剛才從警員的監視下逃脫，沒理由又要自行報警找他們。況且，我已想到一個救安琪的方法。」

「是嗎？你那麼快便可以想到？願聞其詳。」

「我們要儘快回去時空穿梭機停泊處！我希望我身上的錢夠我們乘的士。」

說着說着，我們已跑了出港鐵站。前面沒多遠的的士站，沒有人等車，卻有數部的士在等客。我馬上跑上第一部車，他們也跟着我上了車。

「我們要去永龍道。司機請你儘快，我們趕時間！」

有司機在，我們不方便討論計劃。

可以講述計劃的時候，就是當我們坐上時空穿梭機之時。

「銘銘，你可以講講你的計劃了吧？」朱仁問道。

「我明白了。銘銘想回到過去，安琪未被拐去之前。」陳章平叔叔代我回答道。

「銘銘，你想回去那個時候？」浚堤問：「我們在十時二十五分到達香港的。」

「我想把時間調校在十時二十四分，那個時候我們應該是仍然在穿梭機裏，我們要坐回剛才各人所在的位置。陳章平叔叔坐在駕駛座，浚堤坐在座位的中間，我和朱仁一左一右坐到地上，留下的一個空位給安琪。」我安頓好一切後，便跟陳章平叔叔道：「陳叔叔，麻煩你啦！」

回到約莫兩個小時之前，那個時候，安琪還是跟我們一起。只要再一次穿越時空回到過去，便可以改變一些錯誤了。

我深深吸了口氣，閉上眼睛。待我再次張開眼睛時，安琪應該就坐在我的對面，就像剛從夢中醒來一樣，我的計劃應該不會出錯，不會的，肯定不會錯……

在我累得快要沉沉睡去之際，穿梭機突然發出「嘟嘟嘟」的怪聲，然後是一陣像飛機遇上氣流般要急降的離心力。我聽見浚堤發出「呀——」的驚叫聲，我想安慰他，但我屈曲在這兒，動也不能動，沒法做些什麼。我也沒聽過穿梭機發出這樣奇怪的聲音，急降也未試過。我只希望不是什麼機件的故障，或在蟲洞穿越的過程中有什麼突發事件發生。在什麼也不能做的時候，我雙手合十，記起老師曾教我唸的經文，我誠心為大家禱告，為今次我刻意安排的穿越旅程禱告，希望可以順利回去我們的時空，並順利把安琪「帶回來」。

我在朦朧中聽到玻璃窗簾子升起的微弱聲音。

「Yeah！我們回家了！」朱仁興奮地道。

我在心裏也Yeah了一聲，我們又再一次成功降落了。第二個發聲的，如果我沒有記錯，應該就是安琪。我屏息靜氣地細聽……

「你們這地方的建築物，怎麼高得像山一樣……」

她仍未說完，我已睜大眼睛。在我面前的，不是別人，正是安琪！我們五人又重聚啦！

那一刻，我真想衝上前，緊緊擁着安琪。但只是想想罷了，我當然不會這樣做，而且，擠在窄窄的機艙裏，動也動不了，怎樣抱她呢？

「陳章平叔叔，既然我們安全到埗了，可否馬上打開穿梭機的門呢？」朱仁問道。

「你又急小便了？」浚堤笑着問。

「不！我並不太急，可以不去。」

朱仁的答覆和原先的不同了。當然啦，我們早前已集體去過洗手間，之後又沒有大量喝水，當然沒有去意。

「可以的話，我想去一趟洗手間。」陳章平叔叔說道。

「不！不可以！」我幾乎是大叫起來。

一眾都緊盯着我。「銘銘，你沒有什麼事吧？怎麼你性情大變呢？你從來不會大叫大嚷的！」

奇怪，他們好像對之前發生的事完全沒有記憶，但我卻是歷歷在目。

「你不想去洗手間，但人家要去也不可以？」朱仁反問。

「我的意思是不要去這附近的公厠，因為這公厠曾經有色狼出現，我相信這區的治安也不算好！」我只好向他們發出警告。

「銘銘，你連這兒公厠的過去也知道得那麼清楚？我連這兒的街名也未知道呢！」浚堤道。

「讓我們先離開穿梭機，看看現在大家身處什麼地區，然後再找交通工具，到我的家過一晚，之後的事待明天再商量，無論你需要什麼形式的幫忙，我都會盡力配合。」陳章平叔叔提議。

「好吧！」

大家走出穿梭機後，我實在按捺不住了，緊握着安琪的手，道：「你回來了！你終於回來我們身邊了，沒事啦！我真的很高興！」

他們三人莫名其妙的看着我，問道：「你們幹什麼呀？好像久別重逢的樣子！」

「安琪和我們真的是失散後重逢喎！」我鄭重地道。

「失散？」朱仁反問道：「我們才剛剛由日月島回來，什麼失散呀？」

我恍了一恍，明白過來了。

五個人之中，就只有我對回來這個屬於我們時空後所發生的一切有記憶，他們的記憶好像是給刪除了。是因為剛才在穿越過程中有異樣，以致他們的記憶被洗去一部分？為何我仍然能保有記憶呢？是我的記憶力比常人都強？抑或是其他原因？

十九　尋找拐帶的目標

因為陳章平叔叔堅持要我們乘搭港鐵到他的家，我拗不過他，結果我們又一次走進港鐵站裏。

「安琪，你可否一直走在我身邊？」我緊張兮兮地跟她道。

「我已經一直走在你身邊。」安琪奇怪地道。

「不！你常常墮後，我很怕你會走失！」我道。

「銘銘，你這麼怕安琪會走失，不如你就索性拖着她的手走吧！」浚堤打趣說道。

「不用喇！我和浚堤走在安琪後面，銘銘在她右邊，朱仁在她左邊，就可以確保她跟着大隊。」陳章平叔叔說道。

雖則有「防護網」，我還是兩眼關七，以防萬一。

終於到了轉車站了，我打醒「萬二分」精神，帶着大家上了正確的列車。

是深夜的關係吧，車廂的人不太多，我們便坐了一排座椅。

在我稍微放鬆的時候，竟給我看見了那個「拐子婆」！

在站長室看到那截圖上拐子婆的身影，我便已牢記了。至少五呎九吋高的身影，配上蓬鬆及肩的直髮，一件墨黑色的長外衣和很不合潮流的喇叭腳長褲，配上一個像是供小童用的超小背囊。這身造型真的令人一看難忘。

拐子婆就坐在我斜對面一排座位的中央，雙眼直視就坐在她前面的一個約莫十三四歲的女孩，她紮着一條側辮子，穿着一身白裙，正在看書。

她一定是在尋找拐帶的目標了！

和四個男性一起的安琪，肯定不再適合作為她的目標。

這時，白裙少女突然把書合上，站起來，走到拐子婆旁邊。

她從手袋裏取出一張咭片，向那女人查詢，許是問關於地址的問題。那女人一臉熱誠的大力點頭，又向她說了些話。純粹看動作來猜想，是那女人自動請纓，一會兒下車，會為女孩帶路。

不行啊！我要想辦法制止她。

我做了一件從未做過的事，就是主動去跟女孩子搭訕。

不用往後望我也知道，朱仁和浚堤看着我一聲不發離座去跟女孩談天，一定是萬二分詫異。

「姐姐，冒昧問一句，你是否曾經在李國源國際學校讀書？」我主動去問她。

「不！我從未在那兒讀書。」她爽快地回道。

「因為你很像我同校的一個女孩子，我還以為你是我的師姐。」我沒話找話說：「我隨口問的，姐姐，為何你這麼晚仍然一個人在港鐵車廂？你的家人呢？」

「我的家人去了澳門參加親戚的婚禮，我因為忘記了帶門匙，不能歸家，所以要到住在寶琳的表姐家過夜。剛才我在快餐店致電她，抄下了地址，但因為我從未去過，不大懂出了港鐵站後該怎樣走，要預早問人。這位女士真的很熱心，她說可以帶我去，以免我獨個兒在陌生的地點找路。」對我這個陌生人，她竟說了一大番話，可見她對陌生人是完全沒有戒心的。

我望望坐在她身旁的拐子婆，近望她，原來皺紋和白髮頗多，兩個眼角向下垂，看樣子該是五十多歲了。她向我微微一笑，讓我打了個冷顫。

「你要去的是什麼地方呢？」我問女孩道。

「就是這個地方。」

她把地址遞到我面前，我取過來一看，當然，我對這地址沒有任何認知，但我還是使出我那完全不合格的演技，營造了一個識途老馬的表情。

「我知道這地方怎樣去，不如由我們來帶領姐姐吧！」

我走回去我們的座位，把地址交給陳叔叔看。他看了一眼，便道：「我懂去這地址，她該是和我們在同一個站下車，但離我的家不算近。」他湊近我，悄悄問道：「銘銘，你真的想我們一起送她去嗎？」

我點了點頭，回道：「是的！」

我又馬上回到女孩身邊，對那個拐子婆說：「我們可以帶她去那個地址，不用勞煩婆婆你了！」

「我——不是婆婆！」拐子婆對我給她的稱呼非常不滿，而且眼見計劃快給搗破了，看來很是憤怒。「我一個人帶她不就可以了嗎？你們幾個都是小孩子，不太方便。」

「我們當中也有一個大人，況且我們有的是時間，我們可以帶她去。」我堅持道。

就在我們爭持的時候，列車已到站了。

二十　人肉星座書

「算了！若果你們真的想做帶路人，我就讓你們做吧！」拐子婆冷冷地回道，站起轉身走到車門，待門一開，便飛也似的衝了出去。

「我們不也應該在這兒下車嗎？」女孩問。

「不！還有一個站才到。你過來和我們一起坐吧！」我大膽邀請她道。「我叫鍾銘銘，我還未知道你的名字呢！」

「我叫周昱玲。」她走過來和我們一起坐。

「昱玲姐姐，我見你剛才在看書，你看的是什麼書呢？」我好奇問道。

「我剛才看的是小說。我的袋裏有兩本書，都給你看看吧。銘銘，你也有閱讀習慣的嗎？」昱玲把書本交到我手上，問道。

「鍾銘銘是個書不離手的人！」朱仁代我回答。「不過，在這個非常時期，他未有空閱讀罷了。」

「什麼非常時期呢?」昱玲問道。當然是要穿越時空的非常時期啦!我在心裏暗道。

「咦?我也有看這本勵志小說,此書主角天廷的經歷鼓勵了我要向目標奮勇前進!」我翻看另一本書,那原來是一本星座書,是我從未接觸過的。

「我連自己是什麼星座也不清楚!」我笑道。

「告訴我你的生日吧。」昱玲道。

「我們仨是同年同月同日出世的,是一月二十三日。」浚堤代回答道。

「同年同月同日出世?還要是朋友?真是有緣了!一月二十三日,你們是水瓶座呢!水瓶座的人是友誼之星,而我是白羊座的,和你們的星座很夾,可以發展成為好朋友的關係!」昱玲微笑道。

「我們要下車了!」陳章平叔叔的一聲號召,結束了我們的對話。

* * *

「在日月島沒有星座這個詞語。」在護送昱玲到她親戚家的途中，安琪輕聲跟我說。

「那麼，你現在理解到星座是什麼嗎？」我問她。

「理解到少許吧！」她問：「究竟星座有多少個呢？」

「十二個。」我回道。

「我們日月島人沒有計歲數，所以，想知道我屬於什麼星座，是否難上加難呢？」

「也不！我記得你在我們相識的第一天告訴過我，你是四千零十四日大。我當時計算過，你的生日日期應該是香港日期二月二十二日。二月底生日的，應該屬——」

「雙魚座！雙魚座的人，感情豐富，有同情心，心地善良，適應能力極強。」昱玲替我接了下去。

「你全說中了！你怎知道呢？」安琪驚訝地大張着嘴。

「我是人肉星座書囉！」

*　　*　　*

終於到了昱玲親戚的家了。

「謝謝你們專誠送我一程，讓我平安到達！有機會我們再見吧！」

和昱玲道別過後，安琪才幽幽地道：「現在才告訴你們，剛才在港鐵車廂的那個女人，我……遠望她時，已有一種莫名的恐懼感。當她偶然望向我這邊，我還打冷顫。很奇怪，我從來沒有這種感覺。今天是第一次來你們的時空，我沒有可能認識她啊！」

「安琪，你有所不知，其實今天你已是第二次來我們的時空。不只你一個，我們全部都是。」我坦白跟他們道。

「怪不得！我感覺好像是第二次搭地鐵了！」朱仁和淩堤不約而同地道。

「那麼，為何我們的那部分記憶沒有了？」陳章平叔叔問道。

「不知道。但在今天的第二次穿越時，機艙內發出一些奇怪的聲音，而且，機身好像在下墮。我不知道這和你們失去記憶會否有關，但我的記憶卻完全保留着。不過，這些都不重要了，我們還是快點回去陳章平叔叔的家吧！」

二十一　久別重逢

經歷千辛萬苦終於來到家門口的陳章平叔叔，無限感觸，淚水流滿一臉。

「陳叔叔，你不要哭了！哭成這副樣子，你家人見到會給嚇壞的！」朱仁把紙巾遞給他，道。

「陳叔叔，我明白你的確是離開了很久，心情激動，但我們如今是回來了二〇一三年十一月二十六日，對你的家人來說，你只是離開了一會兒！」我提醒他道。

「知道！我還是要衷心感謝你們。若不是你們相助，我真不知道什麼時候才有機會回家。」陳章平叔叔感慨地道。

「在另一個時空遇上同聲同氣的人，還要是自己同學的爸爸，這麼難得，當然要互相幫助！」我頓了一頓，問他道：「陳叔叔，你準備好回家了嗎？」

他深深的吸了兩三口氣，把手放在門鈴上。「我準備好了！」

我盡量令自己平靜，但我繃緊的心情，相比起陳章平叔叔，應該有過之而無不及。

若果陳章平叔叔安然回家，與家人繼續生活，陳子榮應該就不會因家庭破碎而變得反叛成性，若干年後，我爸爸也不會因為陳子榮魯莽駕駛而被撞傷入院吧？

只要陳章平叔叔回歸家庭，那些負面事情都不會發生。

我們緊盯着他整整十秒，他都未按門鈴。

「陳叔叔，你不是很心急要回家嗎？」比他更急的我問道。

「讓我來幫你一把吧！」浚堤説畢，伸手去拍陳章平的手，門鈴「叮噹」的響了。

「我又累又餓又渴，很想快快找個地方歇一歇。」浚堤笑道。

我們又等了些時，沒有回應。

陳章平叔叔急起來，連按了幾下。

「是誰呀？」

終於等到回應了，我認得出那是陳子榮的聲音。

「是我……是爸爸呀！」陳章平叔叔的淚水又再湧出來。

木門開了，繼而是大鬧。

「爸爸，怎麼你這樣晚才回家——」

他的話未說完，陳章平叔叔已伸手把他緊緊擁住。

「我真的很掛念很掛念你和媽媽！」陳章平叔叔嗚嗚地哭起來。

「很掛念我們？我今天早上上學前不是跟你吃過早餐嗎？」仍然睡眼惺忪的陳子榮摸不着頭腦，問道。

「總之，我就是萬分掛念你！」

「還有的是，爸爸，為何你要在深夜把我的同學都帶回家?!」陳子榮見到我們，大驚。

「你先讓我們進來，好嗎？」浚堤問道。

二十二　你對外人更好

我們剛走進陳章平叔叔的客廳，陳姨姨才從睡房出來。

「嘩！現在是什麼時間呀？怎麼你帶這麼多孩子回家？」穿着睡衣的陳姨姨擦擦眼，看到我們，很是驚訝。

「老婆，我也很掛念你！」

陳叔叔看見陳姨姨，也禁不住上前擁着她。

「喂！你傻了嗎？這麼多孩子望着，多不好意思哦！」陳姨姨立刻把他推開。「天天都見着你，你發什麼神經呀？你呀！明知道會夜歸，也不帶門匙外出？你也知道我若果被吵醒了，就會整晚都睡不着！」

「爸爸，你仍未答我，為什麼會帶我的同學回家？」陳子榮堅持要問。

「他們就只是住一晚而已，明天一早我便會帶他們回家。」陳章平叔叔沒有直接回答。

我向陳子榮微微一笑，正想說些什麼，但他那板起的臉，把我拒於千里之外。

「我是想知道為何半夜三更你會帶他們回家？我就是要知原因！」陳子榮扯高了嗓門，問道。

「陳叔叔，你不妨告訴他，看看他可以明白多少，但我現在真的肚餓，請問有沒有麵包或餅乾可以給我們充飢呢？麻煩你們！」浚堤老實不客氣地問道。

「雪櫃裏有些吃剩的炒麵和炒飯，若果你們不介意，我就去廚房替你們熱一些吧！」陳姨姨走進廚房裏去。

「Auntie，我們可以幫忙呀！」朱仁和浚堤也跟着走進廚房裏。

「你可以說了吧？」陳子榮走到陳章平跟前，追問道。

陳章平神色凝重地點了點頭，開始道：「我曾在美國修讀理論物理學，這點你也知道吧？我的教授在一次核裂變實驗過程中，發現有些微粒消失了。教授懷疑這些微粒有可能是飛了去人類肉眼看不到的第五度空間。

「從美國畢業回來後，我依然和兩名同學一起進行研究，並設計時空穿梭機。經過一段時間的努力，我們終於成功製造出一部穿梭機了。與此同時，我們也偵測到微粒的去向，並打算乘坐穿梭機前往目的地。可惜的是，在出發前，我的兩名同學遇上了嚴重交通意外而離世。最後，我決定把這個屬於我們的計劃延續下去。

「我獨自坐上了這部時空穿梭機去到第五度空間，找尋消失的微粒。我並沒有告訴任何人，包括你們。因為，你也知道媽媽沒有什麼科學頭腦，而你呢，年紀還是太小，我怕你會告訴其他人，所以，我沒有向你們透露過什麼——」

「你說怕我年紀小，不明白，但鍾銘銘和我年紀一樣，而你卻跟他說了，是不是？」陳子榮眉頭緊皺，問道。

「是！但他完全明白，而且，他可以說是我的救命恩人！」陳章平叔叔試着解釋道。

「我問你是否早已和鍾銘銘說過關於你那穿梭機和什麼飛到第五度空間的微粒？」陳

子榮握着拳頭，問道。

「是的！我一定要跟他說，否則，我根本——」

「我是你親生兒子，也一向對科研發展感興趣，但你不把發明了時空穿梭機一事告訴我，反而告訴外人？鍾銘銘的科研知識根本不及我啊！」陳子榮執着於這一點，反應激動。

「子榮，你有所不知！我自行到了第五度空間，因為發生了一些事情，幾乎沒法回來，幸好有鍾銘銘和他的同學前來相救！」

「你不用說了，總之，你對外人比對自己兒子更好！你不如叫鍾銘銘做阿仔啦！」陳子榮轉頭便返回房間，還「嘭」的一聲關上房門。

「這個兒子是給他媽媽寵壞了！」陳叔叔搖頭歎道：「算了吧！你們不用理會他，他要發脾氣就讓他發洩個夠。我遲一些會跟他談的了。」

二十三　離家出走的小學生

「銘銘，快起來吧！陳子榮不見了！」朱仁使勁推我的手臂，把我推醒。

捲曲在沙發，仍未睡醒的我，勉強睜開眼睛，問：「他是否上學去了？」

「不！今天是星期六，不用上課。」朱仁緊張地道：「陳姨姨已經搜遍全屋，真的沒有了陳子榮的蹤影！」

「他會否是外出跑步或是買東西？」我又問。

「陳姨姨說陳子榮仍然是小學生，她從來不讓他獨自外出，每次一定有她陪伴的。他今次大清早自己溜了出去，是從未發生過的。他們非常擔心，她和陳叔叔已經外出去找他了。陳叔叔叫我們在家等候，若果陳子榮回來，便馬上致電他們的手提。我在想：我們是否也該出去找找他呢？畢竟，他是因為陳叔叔把穿梭機的秘密告訴了我們而惱怒的，事件間接因我們而起。」朱仁有點內疚地道。

「是他自己小器罷了！不肯聽清楚事情始末，就擅自作判斷，動輒連爸爸也責罵，衝動兼不孝！我多希望有爸爸在身邊，偏偏就是沒有。他有爸爸卻不懂珍惜，小小事情就鬧離家出走，唉——」聽到了對話的浚堤仍賴在沙發上，不願起來，連眼睛也不願睜開。

「你們這個時空的孩子，自小有親生爸媽照顧，不知有多幸福，卻小器又易怒。」安琪不滿地道。「如果那個陳子榮決定離家出走不再回來，不如就由我來當他們的孩子吧！有個自小便陪伴我成長，寸步不離的全職媽媽，還有一個極度聰明，懂得製造時空穿梭機的爸爸，這樣難得的父母，他都不要，那麼，我要呀！」

「安琪，事情不是這麼簡單。在我們這個時空，孩子離家出走，父母親友就要去找他，找不到就要報警。他應該不會走得太遠，不如我們一起去找找他吧！」朱仁提議道。

「我不去了，我覺得他躲夠了就會自行回家。我就在這兒等候他，若要去找的話，你們去好了！」安琪在小沙發上伸了個懶腰，擁着大咕啞，閉上眼睛，又再往夢鄉去。

「好！我們試試出去找他吧。無論找到找不到，兩個小時後回來這兒集合。」我道。

二十四　不要逼我作這樣的選擇

「陳子榮，你在這兒嗎？」

明知他要躲起來不讓我們找到，就算聽到都不一定會回應，但我還是要問。

我站在海心公園迂迴曲折的橋上，呼喚了三次，都沒有回應。星期六清晨，時間尚早，公園沒有太多遊人。我轉身假裝離去，卻靜靜地在橋頭跨過欄桿，小心翼翼的踏着堤岸的小石頭，走到橋下。

終於，我在橋墩後找到陳子榮。他正坐在石上，望着平靜的河水，望得出神。

我輕手輕腳地走到他身後，坐下。好一會兒才開口說道：「我知道你最不想見的人就是我，可我卻是第一個找到你的！」

陳子榮吃驚的轉過頭來，望了我一眼。

「為何連我的爸爸媽媽也找不着我，你居然會猜到我在這兒？」

「你爸媽發覺不見了你，緊張得馬上四出去找你，而我呢？則可以冷靜地先去你房間看一看你擺放的相片。你的相片裏，十張有六張都是在海心公園拍攝的，可想而知你有多喜愛這個公園，不開心的時候，你一定很想到這兒來。」

「哼！猜到我在這兒又如何？你明知我不會跟你回去，你來幹什麼？」他冷冷地道。

「你信與不信都好，總之，我是跟你說實話。其實，我們的校友丁先生也製造了一部時空穿梭機，朱仁、浚堤和我為了查明一些事情，借用了他的穿梭機，回到二〇〇一年。

「我們在那時空，要做的事情完成了，準備回來之際，錯誤的去了二〇二二年，在那兒，我們遇上了一個陌生人，誤打誤撞乘坐他的穿梭機到了第五度空間，後來我們才知道，那陌生人的穿梭機就是你爸爸的穿梭機，你爸爸在第五度空間的日月島上被囚禁了許多年，我們把他救出，並用微粒偵測器把他要的微粒找出來。對你們來說，好像什麼都沒有發生，但對陳叔叔來說，重見你們，彷如隔世，所以他才會激動至要擁抱你們。

「我知道我所說的好像是天方夜譚，但我所說的全部都是真確的。」我簡短地把我們異常複雜的旅程交代了。

「我知道我們幾個和你爸爸一起在深夜回來，一定會令你有許多猜疑，但請你相信我的話。」

「剛才你說，你和朱仁及浚提回去了二○○一年，但沒有提及安炘，為何最後她會和你們一起？」陳子榮問道。

「和我們一起回來的那個並不是安炘！」我回他道。

「那怎會不是安炘呢？只是她的衣着和髮型不同罷了！」陳子榮道。

「你一會兒回家去跟她談幾句話，你就會知道。昨晚帶去你家的那個女孩叫安琪，她是來自第五度空間的人。」我回道。

「沒可能的！她和安炘的樣子簡直一模一樣！」陳子榮一臉不可置信的樣子。

「我們最初也給她的樣子嚇了一跳。」

「你說她來自第五度空間，為何你要帶她來我們這空間呢？」

「她在家鄉是個無父無母的孤兒，碰巧她寄住的家庭要逃難了，她寧願跟我們乘搭穿梭機回來，也不想跟着逃難。」我又是如實回道。

他不說話了，我遂趁機道：「回去吧！我介紹安琪給你認識，讓她告訴你在第五度空間的生活。」

「我不想回去啊！」陳子榮任性地道。

「你到底要怎樣才會回去呢？」我有點兒不耐煩了。

「子榮！你——在——嗎？」

是陳章平叔叔的聲音，他終於找到公園來了。

「陳叔叔，我們在這兒！」我站起來，朝他揮揮手，高聲回道。

「你為什麼要告訴他呢？」陳子榮埋怨道。

「他是你的爸爸，你們兩父子之間的問題始終要解決，不該拖延！」我道出了真心的說話。

「子榮，你走到橋下面做什麼呢？快過來，我們回家再談吧！」陳叔叔就站在橋頭，高聲向他道。

「我出來了，就不會輕易回家。」陳子榮回道，並伸手從背囊裏掏出一樣東西。

那樣東西正是陳章平叔叔的微粒偵測器。搜集微粒，正是他穿越時空的終極目的。

陳子榮以單手握着微粒偵測器，並遞向水面，看狀像是要把偵測器擲到水裏。

「陳子榮，你小心呀！」我和陳章平叔叔不約而同地大叫起來。

這個陳子榮，在離家出走前竟然把陳章平叔叔千辛萬苦才得到的微粒連偵測器帶走！

「你想我小心，是怕我跌到水裏，抑或是怕我把你的偵測器掉下水裏呢？」陳子榮冷着臉問道。

「我兩樣都不希望發生！」陳章平叔叔給他嚇得臉也青了。

「如果我和偵測器都掉進水裏，而你只能救一樣，你會救我抑或偵測器呢？」

他竟然要陳章平叔叔二選一?!

「不要逼我作這樣的選擇，好嗎？」陳章平叔叔為難地道。

「那麼，即是你寧願不要我，也會拼命保護你的偵測器！」陳子榮代他回道。

「當然不是！阿仔你是我生命裏最重要的人！」陳章平喊道。

「但你最終還是選擇你的發明！該是你的發明、你的研究對你最重要，不是我！」陳子榮頹然地道，冷不提防腳底一滑，手未及扶着橋墩，結果，他真的整個人掉進水裏去！

二十五　心血會否因而完全報銷

「你是他的什麼人呢？」救護員問陳子榮。

「我是他的兒子！」陳子榮兩眼通紅，回答道。

「你呢？是傷者的什麼人？」救護員又問我。

「我是他的朋友。」我回道。

我望着另一救護員努力地替陳章平叔叔進行人工呼吸，心裏只祈求他快點醒來，平安無恙。

剛才當陳子榮掉進水裏時，陳章平叔叔大叫道：「不用怕！我來救你！」然後他「撲通」一聲便跳進水裏，未幾，他便失去蹤影，反而跌進水裏的陳子榮已緩慢地游向岸邊。

不諳水性的我只能守在岸邊大叫：「救命呀！有人掉進水裏了！快報警！快快報警！」

公園稀疏的遊人中，幸好有一位中年男士跳到水裏，把陳叔叔救回。但被拉扯上岸的陳叔叔動也不動的，完全失去了知覺。

「我只懂拉他上來，但不懂人工呼吸或急救，你們只好等待救護車到來。」救人英雄還安慰我們。

陳章平雙目緊閉，口微張，我碰碰他的手，非常冰冷。終於懂得驚慌的陳子榮流下長長的兩串眼淚了，他怕得猛力搖動陳章平雙手，一邊道：「爸爸，爸爸！快醒來吧！我懂游水，你不懂，你跳進水裏做什麼呀？你快醒來吧！」

幸好，只等了三數分鐘，救護車便趕到了。兩名救護員馬上替他進行急救，另一名救護員則問我們問題。

搶救了好一會兒，陳章平叔叔終於咳了幾聲，把水吐出來了。

「爸爸，你終於醒來了！太好啦！」陳子榮興奮地叫道。

「小朋友，我們要把他帶回醫院作詳細檢查及驗傷。你倆也跟我們回醫院吧！」救護員道。

「謝謝你們！」我代陳子榮向救護員表達謝意。

在救護員把陳章平叔叔放上擔架牀，正要搬上救護車時，我突然醒起那微粒偵測器。

糟了！偵測器剛才也掉進水裏了！該怎樣把它打撈上來呢？掉進水裏的偵測器會否失效？偵測器裏的微粒會否因滲水而流了出來呢？陳章平叔叔的心血會否因而完全報銷？

君比・閱讀廊

穿越時空①

來自異度空間的女孩

作　者：君比
繪　圖：陳焯嘉
責任編輯：周詩韵
美術設計：蔡耀明
出　版：山邊出版社有限公司
香港英皇道499號北角工業大廈18樓
電話：（852）2138 7998
傳真：（852）2597 4003
網址：http://www.sunya.com.hk
電郵：marketing@sunya.com.hk
發　行：香港聯合書刊物流有限公司
香港新界大埔汀麗路36號中華商務印刷大廈3字樓
電話：（852）2150 2100　傳真：（852）2407 3062
電郵：info@suplogistics.com.hk
印　刷：中華商務彩色印刷有限公司
香港新界大埔汀麗路36號

二〇一八年一月初版

ISBN: 978-962-923-457-7

18/F, North Point Industrial Building, 499 King's Road, Hong Kong
Published and printed in Hong Kong